恋爱是一件小题大做的事

谷川俊太郎

[日] 谷川俊太郎 著
田原 译

中信出版集团 | 北京

爱是无边的宇宙

——谷川俊太郎《恋爱是一件小题大做的事》序

田原

（1）

爱是无边的宇宙，也是诗歌的母体，更是世界的灵魂。

或许正因为有爱，人类才得以延续，世界万物才得以存在吧。

天地海和其中的万物都拥有自己的爱，彼此相爱，只是爱的方式不同。

爱是内心深处最古老的情感，诞生于语言前，无疑也早于肉体。

作为一种感受，爱在不同的动物、植物和物体中，其本质虽无声无息，看不见摸不着，却是不可或缺支撑一切的力量。

在人类的各种情感中，爱是最大的主流，滋润生命，流经灵魂和记忆的角角落落。

爱是永恒不变的温暖和慰藉。

雷声呼应闪电是一种爱，流星划过夜幕消失在星空也是一种爱，只是它的爱是无声的回响。

对于诗歌而言，爱当然不只是局限于狭隘意义上的异性之间或同性之间的恋情、爱慕、情意、情爱和肉欲上，它是广义和宽泛意义上的情愫，像辽阔天宇和浩瀚大海，漫无边际，博大精深。

在各类宗教典籍中，有关爱的关键词：仁慈、博爱、友爱、爱人如己等等都是在彼此呼应对于爱的认知，并强调爱要尽心、尽善、尽性、尽力、尽责，以此抵达至高无上的爱。

在各种体裁的写作者中，感性和敏感的诗人应该被首推为情种。

天地合，乃敢与君绝！（汉·佚名）
春蚕到死丝方尽，蜡炬成灰泪始干。（唐·李商隐）
凄凄去亲爱，泛泛入烟雾。（唐·韦应物）
曾经沧海难为水，除却巫山不是云。（唐·元稹）
济时敢爱死，寂寞壮心惊。（唐·杜甫）
蓦然回首，那人却在，灯火阑珊处。（南宋·辛弃疾）
月上柳梢头，人约黄昏后。（宋·欧阳修）
十年生死两茫茫，不思量，自难忘。（北宋·苏轼）
花有千重，心有千千结。（宋·李清照）

古代如此，古今中外现代诗人的爱情金句更是不胜枚举。

（2）

谷川俊太郎在 60 多年的写作生涯中，创作了不少爱情诗，他的大部分情诗分两类，一类源于自身经验，另一类纯属虚构想象。谷川的整体诗歌基本上都是围绕活着、生命和大爱而展开，从而锲而不舍地去揭示其本质。他的情诗既有日本传统俳句里物哀式的含蓄感伤和委婉述怀，又有西方现代主义诗歌中直抒胸臆、激情饱满和率真温暖的一面。诗歌作为情感与经验的载体，无外乎是在甄别善恶和表达对他者的关爱。爱作为永恒的主题，在谷川的笔下，似乎取之不尽用之不竭，其矛盾性和依存性、现实性和想象性、思想意识和精神体验、包括对爱的真谛的诘问、质疑和追寻等等，都被诗人形象生动地刻画在了他耐人寻味的诗句中。

日本的爱情诗同样自古有之，既丰富多彩又影响深远，而且大部分作品均出自女性之手。

跟中国古代社会不同的是，同样作为男权社会，古代的日本女性在文学方面发挥了极大的作用。即使把日本文学说成是从女性开始也不为过，这一点与古代中国男性主导文化甚或垄断文学的情景大不相同。

按照日本的年代划分，时代顺序依次为：

上古（1 世纪—794 年），大和时代、奈良时代。

中古（794—1192 年），平安时代。

中世（1192—1603 年），镰仓时代、室町时代。

近世（1603—1867 年），江户时代。

近现代（1868—今），明治、大正、昭和、平成与令和时代。

日本上古时代的《万叶集》被称为第一本诗歌总集，收入诗四千五百余首，集中作品主要以短歌为主，分为三类：长歌（句数不定，5、7、5、7反复轮流，结句为5、7、7），短歌（5、7、5、7、7五句，31音节），旋头歌（5、7、7、5、7、7六句，38音节）作品。《万叶集》在文学史上的重要性不言而喻，类似于中国的《诗经》，是日本诗歌的源头，无法取代和替代，流传至今脍炙人口的情诗占有大量篇幅。

恋君心已久，今日终相逢。（大伴坂上郎女，笔者 译）
春日独伤悲，念君欲发狂。（狭野茅上娘子，笔者 译）
晚钟催人睡，思君难入眠。（笠女郎，笔者 译）

受中国文化影响，《万叶集》时代日本曾掀起过汉文化热潮，创作汉诗（中国古诗）的作品争相问世。《怀风藻》（752年）被称为日本最古老的汉诗集，早《万叶集》二十余年。包括数十年后出版的汉诗集《凌云集》《文华秀丽集》《经国集》等都收入了一定数量的爱情诗，这些都是受中国古诗（尤其唐诗）影响的直接产物。

兹地无伴侣，携杖上峰峦。（释到融）
君若欲老肠断处，高楼明月晓孤悬。（小野岑守）
谁虑遣君向戎路，恩情婉恋忽相遗。（巨势识人）
月色姮娥惨，星光织女愁。（嵯峨天皇）

到了中古的平安时代，全二十卷的《古今和歌集》（平安前期），以及之后在镰仓时代初期出版的二十卷《新古今和歌集》和《百人一首》里也都收录了不少爱情诗。除了诗歌外，一千年前的长篇小说《源氏物语》就是一个典型的爱情故事，包括《竹取物语》《更科日记》和《蜻蛉日记》等。

入骨相思夜，反穿睡衣梦情郎。（小野小町，笔者 译）

上叶夏草无妨碍，下叶色变思绪乱。（清少纳言，笔者 译）

从中世到近现代，日本的爱情诗仍不断涌现。尤其是到了明治时期，大阪府堺市出身的《明星》派鼻祖歌人与谢野晶子捷足先登，以短歌集《乱发》（1901 年）轰动明治文坛。大胆、奔放、自由、热烈、浪漫地打破了日本传统道德观念的约束，以创新的诗风（短歌）、毫无顾忌的爱欲和官能表现，为明治时代保守的社会制约和抒写禁忌画上了句号。之后出现的高村光太郎的（现代诗集）《智惠子抄》（1941 年），以及当代歌人俵万智的（短歌集）《沙拉纪念日》（1987 年）都是被时代和时间烙上深深印记的爱情诗集，而且都成为那个时代风靡一时的畅销书。单是《沙拉纪念日》这本短歌集销量就达 280 多万册。

阅读谷川俊太郎的爱情诗，似乎很难从中寻找到日本传统爱情诗的蛛丝马迹，但作为只使用日语写作的日本诗人，无疑他的诗受到了日本传统爱情诗的影响，对此考证将是我日后研究谷川俊太郎的又一个课题。

（3）

除诗歌外，谷川俊太郎还写过不少跟爱情和女性有关的随笔和绘本。从他的诗歌和文章里不难看出，女性是谷川难以逾越的存在，也是他很难对付的他者。他曾不止一次在媒体或跟别人的对话中坦言，作为独生子，自己有强烈的恋母情结，这一点也许是导致他婚姻“三起三落”（三次离婚经历）的原因之一吧。从我二十余年对谷川作品的翻译和跟他的交往中发现，文本和现实生活中的谷川俊太郎没有太大落差，颇为一致。他对女性几近崇拜地充满了敬畏、关怀和无限的温柔。他既是女权主义的支持者和理解者，也是女权主义的捍卫者，还曾一度希望女性主导社会。当然，对于女性他也有过反省和自我批判。他在 1993 年出版的诗集《不谙世故》里写道：“抛弃女人时我是诗人吗？”

在一篇关于女性问题的访谈里，针对“以何种方式才能表现最真挚的爱情？”这一提问，谷川的回答非常绝妙：“至死守候在那个人的身边，如果对方拒绝的话，就与对方保持使之不会产生不愉快的距离。这不是精神上的距离，而是极其日常的物理性距离。然而话虽如此，如果认为自己退而远之是为那个人着想的话，或许会毅然离去。如果做不到也是无可奈何的，那只有去殉情了。”这段回答是谷川女性观的真实写照。

女性是人类生命的源泉，也是谷川写作的原动力之一。他出版好几册跟女性和情爱有关的诗集：《关于爱》（1955 年）、《给你》（1960 年）、《裸体》（1988 年）、《致女人》（1991 年）、《温柔不是爱》（跟荒木经惟合著,1996 年)、《喜欢》(2006 年)、《对不起》(2014 年)、《我与你》(2015 年)。女性和爱是贯穿他作品主题的元素之一，对于女性，他的态度一贯明确:“我凭依女性而不断地发现自我，更新自我。没有女性的生活于我是无法想象的。”

毫无疑问，女性塑造了作为诗人谷川俊太郎的另一面，爱情成为他诗歌写作的灵感之源，但不是唯一。

(4)

从十六七岁悄悄在自己笔记本里写诗，到如今著作等身、名满天下，谷川俊太郎一直是日本诗坛独来独往的“局外人”。他的不合群性似乎与生俱来，或许源于他对沉默、独处和孤独的情有独钟吧。谷川从不认为写诗是至高无上的荣耀，诗人也非高高在上的存在，与其野心勃勃立志做一位令人仰慕的大诗人，莫如通过自己脚踏实地的写作，靠稿费版税养活自己和养家糊口才是他最真实的写作动机。诗人虽然是借助灵感和想象的表现者，但从写作本身来看，跟其他体裁的写作者同样都是语言工作者，而且使用的语言大部分都是别人使用过的。

谦卑和勤奋的人生态度造就了谷川俊太郎的伟大。作为出生在大知识分子家庭和在文学精英堆中长大的他，21 岁成名后公开表示对权威持有反感，而且对诗人小圈子毫无兴趣，对只局限于被诗人圈子阅读的那种自鸣得意的诗歌写作更不以为然。这一点很可能是他最初写作的二十余年跟日本那时的各种诗歌奖无缘的主要原因。我曾花费时日在日本国会图书馆查阅过他没获奖的二十余年中所有的其他诗人的获奖作品，大部分名噪一时后成为落伍时代的过去式，有的已彻底葬身于时间的尘埃。而谷川写于那个时代的作品，如今却一版再版地被阅读。对于诗人，时间是最公正的读者，读者又是最公正的时间，二者都会公平地在时间中检阅所有的奖项，包括诺贝尔文学奖。文本决定一切，没有过硬的文本不仅会被读者遗忘，而且也会被时间埋葬。哥伦比亚作家马尔克斯曾把著名作家分为两种：一种是不断被人谈论的；一种是不断被人阅读的。这句话同样适用于诗人，不断被阅读和谈论的谷川俊太郎二者兼顾。谷川俊太郎之所以几十年如一日一直保持着良好和旺盛的创作热情，除了取决于他自身的天分和努力，也跟日本有着良好的社会环境和人文环境，以及日本普通民众拥有的读书热情（众多的阅读人口）有关。当然，这一切都是建立在日本这个国家对文化、文学和艺术尊重基础之上的。

（5）

家喻户晓的谷川俊太郎在日本戴着三种不同的诗人帽子：宇宙诗人、国民诗人和教科书诗人。前者在于他诗歌世界的宇宙意识，其诗歌宇宙观涵盖了三种概念：一、“宇宙是精神的”（黑格尔）；二、“宇宙是物质的”（马克思）；三、即一般论的“宇宙是最大的生命体”。国民诗人在于他数十年如一日被不同年龄层的读者广泛阅读；教科书诗人则是半个多世纪他的作品几乎征服了各种版本的中小学和高中课本及大学教材。日本评论界把谷川界定为“方法诗人”和“本能诗人”。我在论文里也称他为“三不主义”诗人：不持名片、不系领带和不接受政治家和有政治意味的任何文学奖（他曾婉拒过总理大臣文学奖和被内定的由日本天皇亲手颁发的文化勋章），都是基于他的文学理念和人生信条。当然，衡量一位诗人的世界性，除了我们要求他的作品必须具有一定的高产外，其作品群的整体素质和质感也十分重要。他写了什么、其作品揭示了什么精神和时代意义，或有着怎样的思想深度、诗学广度和生命哲学，带给读者什么样的思考和启示都是不能忽略的要素。一个诗人和作家的伟大与否其实不在于他获过什么奖，而是他在有限的生命中留下多少经典之句和不朽之作。作为等待约稿和“灵感降临”的谷川俊太郎，是一位被动式写作的诗人，与其说他是一位罕见的绝世天才，莫如说他是惜时如金，读书、思考和写作的努力家。

（6）

谷川的诗歌形成了评判现代诗的一个标准——易读和耐读。追溯这一特征，我们可以写出：李白、松尾芭蕉、普列维尔、洛尔迦等诗人的名字。长久以来这些诗人的读者一代接一代经久不衰，就在于他们诗歌易读和耐读的普遍性、生动性与美感，这是带给读者阅读快感的主要因素。其实，谷川的诗歌并非清一色的易读型，有相当一部分作品从不轻易向读者敞开理解之门。比如用超现实主义手法创作的诗集《可口可乐课程》《忧郁顺流而下》等等，虽都极其抽象难懂，但仍不乏生动，并不是那种空洞的抽象和无病呻吟的说教，以及故作高深不着边际枯燥无味的修辞堆砌。他的作品大都来自感性，来自对灵魂入木三分的诠释。被誉为诗人鼻祖的象征主义诗人马拉美说过："一首诗宁可让一个人读一百遍，也不想让一百个人只读一遍。"谷川诗歌语言特点的"易读"正好与这种观点形成鲜明对比，马拉美的确具有耐读性，一向以晦涩难懂著称，深奥哲理中含有多重象征意义，有时甚至需要读者去想象和发现意义，但他的诗究竟有多大的易读性我表示怀疑。当然，缺乏易读性并不会削弱一位诗人的重要和伟大，但我认为能够长久征服大多数一般读者的诗人更为重要和伟大！也许马拉美是拒绝易读的诗人，在此还可以想到策兰等。

（7）

谷川俊太郎具有超人的一面，仿佛活在两个以上的时代，总是在不断的自我更新和变化中提升自己。他旺盛的创造力不仅常常激发我对他的想象，而且也总是牵动我对他产生强烈的好奇心。

20世纪的日本，我们可以轻而易举地列举出一大串身高不足一米六的巨人，川端康成、吉川幸次郎、三岛由纪夫、小泽征尔、谷川俊太郎、武满彻、大冈信、荒木经惟……他们不仅都是人中之杰，同时又都是各个领域中的佼佼者。他们像一个个强烈的发光体，超越时间和自己的母语，不会因岁月的流逝和文化的差异而减弱，只会随着时间的推移和久远，在世界和未来散发出更耀眼的光芒。

2019 年 6 月

写于东京

目录

恋爱的开始

我也无法想象拥抱你
只是除你之外的世界倦怠无比

恋爱的开始

每时每刻都想着你
却怎么也想不起你的容貌
回过神来，发现自己反复哼唱着
偶然听到的那一小节音乐
虽然我想见你
但与其说那是热忱莫如说是好奇
自己究竟变得怎么样呢
想再次来到你的面前确认
之后却想不出该怎么办

我也无法想象拥抱你
只是除你之外的世界倦怠无比
我像高速摄影电影中的男演员
缓缓点上香烟
开始觉得没有你的生活

仿佛是一种快乐

你说不定是我曾几何时在异国见过的

经年美丽雕像中的一个

在它旁边，喷泉高高地在阳光下闪烁

水的比喻

你的心不沸腾
你的心不冰冻
你的心是远离城镇的宁静池塘
对什么样的风都不泛起涟漪
有时让人惧怕

我想跳进你的池塘
也想潜入水底
因为不知道深与浅
是透明还是浑浊
所以有点迟疑

我想大胆地向你的池塘里投一块石头
如果波纹濡湿了我的脚
水花溅到了我的脸上
我会变得更爱你

亲爱的

你是我喜欢的人
从你穿着的变化
我觉察到了夏天的来临
一条懒洋洋的老狗盯着我们的午后
一起去空无一人的美术馆
看古印度的工笔画吧
菩提树下相互拥抱的恋人们
一定跟我们一样，幸福又不幸

你是我喜欢的人
至死我都会喜欢你吧
因为与爱不同，喜欢这件事
不需要任何誓言
在七月的阳光下
我们走出美术馆，喝口冰红茶解渴吧

礼物

在你美丽的长颈项上
我想装饰四季
花的颜色天的颜色雪的颜色
为了使你的皮肤永远欢愉

在你深邃的暖怀里
我想装饰大海
有时黯淡有时明亮
我溺水又被救起

在你有弹性的脚脖上
我想装饰风
急于活着
为了不使回忆中的你疲惫

在你像短剑一样的唇上

我什么都不想装饰

因为那是为我而备的有效武器

应该用我的血来装饰

在你瞠目而视的双眸里

我想装饰月亮和太阳

为了我们的白昼和夜晚

我想装饰世界莫大的诱惑

然后你的心

和你温情的肉体

互相装饰

因为总有一天它们会相同

在与你的我接吻时

你的心和我的心永跳在一起

脊背

你赤裸的脊背挡在我面前
我什么都看不见
相连的脊骨如同漂在海上的浮标
我现在能够勉强攀附的
只有这类比喻

可是，我活在被你的脊背遮挡的国家
躲在你脊背里的人威胁我
电视的语言像冰凉的手指
拨弄我赤裸的心脏
可惜那里已经没有秘密（只有恐惧）

飘浮在宇宙中的幻想地图上
幻想都市的某一处
我强行写下幻想的地址

我就在那里

失去了杂树林的时间

即便如此你依然说爱我

在你遮掩一切的脊背上

语言在一声巨大的叹息中死去

到再一次被置于难以忍受的钝痛中之前

还有些许时间

八月和二月

少年把小狗关进笼子
少年把镇石压在笼子上
少年哭了
蝉声聒噪不止

　　女孩的室内冷飕飕的
　　我们盖上了数条毛毯
　　女孩的身体散发着干草味儿
　　黄昏，雪夹着雨飘降

少年在河岸瞅望着笼子
小狗摇晃着小小的尾巴
太阳灼热似火

　　在微暗的室内

我们大汗淋漓
不久便一声不响地睡去

少年闭着眼将笼子扔进河里
然后一边哭着跑去

我们睁开眼时
外面已漆黑一团

即使到了夜晚
少年也不停地哭泣

初次的城市

初次的城市小小的拐角处
那里也曾有一小片阳光
如果那时身边有你
说不定我就能在这里默默生活下去

初次的城市的小孩子们
脏兮兮的小手上曾散发奶香
如果那时身边有你
说不定我也能爱上这座城市的公园

初次的城市小小的明信片
我曾写下你的名字后又把它撕碎
如果那时身边有你
说不定我就能在这里结束旅行

初次的城市小房间的窗口

昏暗的灯曾孤零零地点亮

如果那时身边有你

说不定我就能把这座城市梦成故乡

关于爱

我是被凝视的我
我是令人怀疑的我
我是让人回首的我
我是被迷失的我
但我不是爱

我是逃奔到心中的肉体
是不知道大地的脚
是无法扔掉心的手
是被心凝视的眼
但我不是爱

我是太阳滚过的正午
是被导演的一场戏
是被命名的闺房话

是司空见惯的黑暗
但我不是爱

我是看不见的悲伤
是充满渴望的欢愉
是选择被结合的一个人
是幸福之外的不幸
但我不是爱

我是最温柔的目光
我是多余的理解
我是勃起的阳具
我是不断的憧憬
但我绝不是爱

分别

爱曾带着优美的身姿和沉默活着
我竟然像孩子一样未曾觉察
失去的东西已经离我远去
我甚至无法看它一眼
但是，我仍被这里没有的东西填满

关于爱我曾相信过什么呢
我无法区分自己是否拥有
失去之后我才初次懂得
失去的是什么

爱是身体的一部分
在痛苦中我终于开始觉醒
因此现在我明白
小鸟、猫、狗它们的憧憬以及痛苦
以及我也像它们一样正在去爱

恳求

把我翻过来

耕播我内心的田地

干涸我内心的井

把我翻过来

浣洗我的内心

也许会发现美丽的珍珠

把我翻过来

我的内心是海

是夜

是遥远的征途

还是聚乙烯塑料袋呢?

把我翻过来

我心灵的深处有什么正在发育

是仙人掌熟透的荒野吗

是早产的独角兽的幼崽吗

是未被制成小提琴的枥木吗

把我翻过来

让风吹拂我的内心

让我的梦想感冒

把我翻过来

让我的观念风化

翻过来

把我翻过来

掩藏起我的皮肤

我的额头冻伤

我的眼睛因羞耻而充血

我的双唇厌倦了接吻

翻过来

把我翻过来

让我的内心膜拜太阳

让我的胃和胰脏摊在草坪上

让紫血色的阴暗蒸发

把蓝天填入我的肺脏

任我的输精管扭结在一起
任黑色的种马踏烂成泥
将我的心脏和脑髓用白木筷子
喂给我的恋人吃

翻过来
把我翻过来
把我内心的语言
吐出来　快
让我内心的管弦乐四重奏
鸣响
让我内心的老鸟们
飞翔
把我内心的爱
在黑暗的赌场赌掉吧

翻过来把我翻过来
我将内心谎言的珍珠给你
翻过来把我翻过来
不要去触摸我内心的沉默

让我走

走出我之外

向着那树荫

向着那女人身上

向着那沙丘之中

沉默

相爱的两个人

默默地相互拥抱

因为爱比起爱的语言

总是太小

偶尔会过大

相爱的两个人

为了能正确且谨慎地

相亲相爱

默默地相互拥抱

只要不说话

蓝天是朋友

小石子也是朋友

粘在光着的脚掌

房间里的尘埃

弄脏床单

夜晚慢慢地

让一切都变得无名

天空无名

房间无名

世界无名

蹲坐的两个人无名

一切都是无名存在的兄弟

只有神

才因那最初的名字之重

像壁虎一样

吧嗒

掉落在两人中间

背影

你的眼睛闪亮
你的嘴不停地吐出语言
你的手虽被我的手握住
可当你蓦然回首
我看到的却只是你的脖颈
像其他生物一样
我无助而静默
清水断断续续地流淌
濡湿渺无人烟的森林深处
铺满一地的落叶

你自己绝对看不到
你这样的背影才属于我
即使有一天你背过身
把我拒绝

正是这固执的缄默

才让我更想听清你的呐喊

就像路边的杂草冒出的芽

渴求着阳光

你的背影渴求着温柔

明天我们将宣誓

除了誓言，还有这缄默

会将你和我联系在一起

心愿

那天

你坐在

杂树林中

落叶上的

一把藤椅上

沐浴着秋日柔和的日光

你跷着二郎腿

在膝上翻开一本书

你微微歪着头

阅读

然后……

你忽然对着我扬起脸

但是

你没有看我

从今天褪色的照片中
你依然以那天的年轻
凝视着老去的我
然后我阅读
许愿我也能看到
那时你看到的世界

那个人来了

那个人来了
似长似短如梦的一天开始了

触摸那个人的手
触摸那个人的脸
窥视那个人的眼
把手放在那个人的胸前

之后的事情已不记得
外面一棵被雨淋透的树挺立着
那棵树会比我们长寿
这样想时突然意识到现在的自己是多么幸福

那个人总有一天会消失
我和我的挚友有一天也会消失

但那棵树不会

树下的小石头和泥土也不会

到了夜晚雨停了，星星开始闪烁

时间是永远的女儿，喜悦是悲伤的儿子

在那个人的身边，我听过永不结束的音乐

窗

正在发生的事

明明如此单纯

其缘由却十分复杂

从窗口照进的阳光

照不到

心里

午后

老鼠在天棚上

逃窜

液晶平面上

敞开的窗

无限重叠

你的眼睛

从那里

看不见

缓慢的视线

（1）

看一个女人
从她硕大凉帽的影子望向这边

看女人背后的灯台树
看那棵树干上的一个个瘤子

飞跑而去的是孩子的自行车
跌落下来的是喷泉

看不肯停止的一切
那被砸毁的铜像

以及脚下的蚂蚁

和蚂蚁运走蚂蚁的尸体

看伸过来的手
和从树缝间落在那手上的阳光

看被打开的卡片
看我辉煌的胜利

（2）

看一个女人
那是我的祖母

看早就灭绝的爬行动物
那巨大明澈的眼睛

看海中渐渐下沉的帆船
和在海潮中漂荡的三角帆

看整齐列队的士兵
和他们歌唱的骸骨

看被耕播过的石丘
看被烧毁的同一座石丘

看充血的脸颊
和被敞开的肉体

在祭奠的喧闹中
看美杜莎的脖颈

（3）

看一个女人
她曾是我的恋人

正在摇晃的天平上
有跳动的心脏

报童高喊的叫卖声

响彻大街小巷

看无法捕捉到的东西

看世界无数的面孔

变色的底片

追赶马的火车噗噗鸣笛

被大头针钉起来的各类天使

被举起的马丁尼酒杯

旋转的唱片

看唱片上的微微伤迹

（4）

看一个女人

那是我的妻子

看她慢慢溢出的泪水
看被挤出的半透明的乳汁

看宽厚的脊背
和裂开的脱脂棉

看饱满的果实
和那果实幼稚的素描

看看过的一切
看不想再看那些东西的自己

被擦得发亮的走廊
像蛇一样逃窜

看热淋浴的出水口
和突然伸过来的唇

（5）

看一个女人
那是我的女儿

看她长得像问号的肚脐
看被她耳垂上茸毛捕捉到的徒劳的光

看白色睡袍皱褶间
走不到尽头的黎明

看从黎明中渗出的血
和被拒绝的痊愈

看月亮上厚厚的尘埃
和干涸的湖

看向天空昂起的宽阔额头
和被扔掉的小石块般的爱情

看优雅的愁容上

不允许看的东西

（6）

看一个女人

看我的母亲

看像玻璃窗外的天空

一样湛蓝的空壶

打开的乐谱

和照出和音蜡烛的光

断掉的珍珠项链

和自来水管垂下的冰柱

看被教鞭惩罚的孩子

和擦不净的黑板

看很多的诗句中

溢出来的海水

看在黑夜里哭喊的父亲

看诞生的我

（ 7 ）

看一个女人

那是我自己

看脸上重叠的脸

看被隐藏在肉体里的道路

看在内心深处焊接一起的印象

看没完没了的戏谑

看宽大的旧床上

永远印着温暖的屁股铸型

在岩石间的散步道上

被忘却的一条热毛巾

看从未翻开过的书

看洁亮无人的厨房

看有点脏的毛毯影子

看丧魂落魄的巫女

心的容器

心情像泉水一样涌现
我不知道心怦怦直跳的理由
初次的心情甜蜜又内疚

悲伤、喜悦、不安、希望
矛盾的心情融为一体
渐渐变得透明

心的容器因心情盈满
涨得满满当当几乎要溢出
向着那个人（这是恋爱？）

想让这颗心变得更宽更广
为了能容纳那个人的一切
还要容纳下大地天空，与那个人一起

爱的消失

那家伙让我伤心

那家伙伤害我

那家伙打垮我

那家伙使我不幸

把责任都推给那家伙

我被那家伙囚禁

当我憎恨谁时

其实是在憎恨着我自己

当谁抱怨你时

是谁在抱怨着世界

越憎恨憎恶就会越膨胀

越抱怨爱就消失得越快

恋爱的男子

没读完恋人讽刺的笑脸
他就读恋爱论
翻开的书页上的爱
闻不到摸不着
仅靠意义充满纸面

他合上书叹口气
然后出门去练习柔道
“要读懂对手的动作！”
教练的训斥声回响

那晚，被恋人拒绝接吻后他想
世上不得不读的东西那么多
比起读人心
读书也太轻松

可是，不正是为了读难以言表的东西

人们才读着语言吗？

他再次回到恋爱论

一边叹气

一边把避孕套当作书签夹在书中

故乡的灯

黄昏的海滨
等船的女人们
灯塔的光
照亮遥远的海角
这里也是人的故乡

旅人啊
你翻越山岭而去
山沟的小屋里
灯盏朴实地亮起
这里也是人的故乡

黄昏的大街上
吵吵嚷嚷的人群

零落的思念中

灯盏暂且明亮

这里也是人的故乡

我的胸太小

开在我心中的那朵莲花
是我春天的记忆

我的胸太小

开在我心中的那朵莲花
是我春天的记忆
在书信间点头示意
如同我今天的憧憬
开在我心中的那朵莲花

我心中下个不停的大雪
是我冬天的记忆
裹在你的外套里行走
如同我今天的孤寂
我心中下个不停的大雪

在我心中喧嚣的大榆树
是我秋天的记忆
你在树下为我做了个草笛

如同我今天的痛苦

在我心中喧嚣的大榆树

展现在我心中的大海

是我夏天的记忆

你游着笑着露出你的皓齿

如同我今天的悲伤

展现在我心中的大海

我的胸太小

如同我今天的爱

变成泪水溢满对你的记忆

天空

若是我不在你身旁

你就仿佛已不在人世

从窗口看到的天空很苍凉

刚摊开的早报上的标题也很孤单

若是不看着你的脸

你就仿佛已进了墓穴

我一个人看着天空

比起天堂我更想在地狱见到你

时刻想和你在一起

未来还能持续多久呢

天空的尽头仍是天空

所以不想一个人看，越看越恐惧

快点回来

寂寞不是撒娇

寂寞是两个人活着的证据

我们的早晨

在水喷溅的冰凉里

藏着今天

鸟儿们向着看不见的太阳歌唱

又受惊似的飞向地平线

对不知道答案的你来说，你能做的

只有向渐明的蓝天提问

在听惯了的街道嘈杂声中

藏着梦

追寻忘却的故乡渡过高架桥

在人来人往里凝视幻影

对不知道答案的你来说，你能做的

只有向渐明的蓝天提问

在温柔的呼唤声中

藏着爱

在小小微笑的旋涡里与朋友相遇

从悲伤的夜晚向着明天苏醒

对不知道答案的你来说，你能做的

只有向渐明的蓝天提问

致你

如果实话实说
我还是更喜欢擦掉口红的你
还有眼皮上那蓝色的眼影

你看到的你总是镜中的你
自己的脸看着自己
可是真正的你在镜子之外

那个你的身后有小河流淌
那个你的脸颊上此刻有光浮动
我凝视着那个你

你就是你——这件事
很难用语言表达
是不是因为没有可比的东西

电车上坐在我对面的你

手握月票塌鼻梁的你

罩衫上的纽扣快掉了呀

如果说你很漂亮

我会变成伪善者吧

但如果说你很丑我又会变成什么呢?

我能无数次幻想出

你比裸体的马哈更美的瞬间

虽然有点对不住戈雅[1]啦

---

1 戈雅（1746—1828），西班牙画家。《裸体的马哈》是其1798—1805年所画的代表作之一。——译者注

一点点

——女人于海边房间所想

我想即使没有起泡的琥珀色美酒也不错
还有我身上披的你那件阿玛尼丝绸衬衣

我不想要这个白色的大房间了
还有外面停的那辆新买的复古型保时捷

可我不想失去房间里满满的阳光
还有从窗口飘来的带着潮汐味道的风

紧抱着我，你手臂用力有点不自然
过强的力量反而让我想起你的软弱

你珍视的是力
体力、财力、权力的力、理念的力

像孔雀一样展开斑斓的羽翼
你想把世界变成巨大的幻影

可我现在对你的裸体看得入迷
即使一无所有你还是那么美丽

你不用慌慌张张地把变软的阴茎藏进三角裤啊
你不能忍受它有时会变成小丑吧

跟你不同，我看到的只是一点点
可是最宝贵的东西本来就只有一点点

我想即使没有你侃侃而谈的未来也没关系
只要有你在，未来就跟过去一样确定

你站起来，准备从这里去往某个地方
可是我一直在这里，永远都在这里

有太阳和大海的这里，孩子们跑来跑去的这里
有未被你觉察的力所支配的这里

梦

站着，被花朵包围
你在我的
梦中

时间停止
一个人都没有

　　除了我们
　　除了微风和一只瓢虫
　　然后

你微笑着
说
不爱我

爱之后

爱之后
我垂下
眼帘
爱之后
倾听
夜之海

爱之后
我遗忘
爱的名字
爱之后
轻轻地
松开

手

爱之后

入睡……各自的心

三色堇

女人说你渴望着诗歌
你在为诗歌感到饥渴
然后送给我一支就要枯萎的三色堇

“这是来自宇宙的引用”
女人一点也不羞涩地说
虽比送我几行打字机敲出来的劣诗要好
可我并没为诗歌饥渴
话虽如此我却也没感到肚子饿

女人的眼睛好像没看着我
女人的鼻子好像也没嗅出什么气味
虽然长着一张漂亮的脸

我在心中说

亲爱的，我现在需要的与其说是诗歌莫如说是爱情

宇宙中连一点儿爱情的碎片都没有

所以星星看上去才那么美丽呀

我的女性论

1

你是音乐

因为我是音痴

2

像蛇一样的你我不认识

像你一样的蛇我见过

3

红非白

黑也非白

所以红和黑十分相似

你这样的三段论法

尽管我在打着盹听

但我喜欢

4

是为了脱掉才穿上呢

还是为了穿上才脱掉?

那些原本透明的东西

你的臀部十分肥硕

地球不过是你的一把转椅

5

洗衣机在旋转

熨斗正在变热

山芋被烧焦

电视里有人正在接吻

你温柔地坐着不动

仿佛菩萨般神秘

士兵们倒下

火箭飞入云霄

男人们互相议论

历史书被翻开

6

你和扇子

你和树木

你和家鸭

你和蓝宝石

这世上的一切都与你相似

其中只有一个

与你不相似的

那就是

女人

7

想着你的单纯的我的复杂

想着我的复杂的你的单纯

8

先看眼睛——

这样的男人是伪善者

先看胸部——

这样的男人是伪恶家

先看全部——

因目不暇接抱起来看的

是诚实的男人

9

你是钻石

我是碳

10

或者——

你是彩色照片

我是幻灯机

一年到头不停地放映着

替她发言

“路过花店前时想吐
每一朵五颜六色的花都是利己主义者
蓝天什么的想让它隐藏在厚厚的云层里
星星什么的都给我掉下来好了
大家怎么好意思满不在乎地活着啊
用珠光宝气的东西装饰自己
不停地查看邮件
我想放弃做人
想变成石块麻烦谁能用力地把我投掷
不成的话干脆变成泥水融入大海”

她面无表情地啜饮掺水的梅酒
T恤下两团鼓胀的东西
因为没有语言背叛了心
无所顾忌地主张着生命

絮叨

短信里写“喜欢你”
还添加了许多心形
可光看文字总觉得有点假
莫非是因为不是真心喜欢你？

可是见面看着你的眼
在接吻前说了声爱你
才知道真的爱上了你
声音比文字诚实

然而他默默无语
那一刻我稍微有点嫌弃
心这东西总是絮絮叨叨
有时真烦人呀

心的胎毛

隐藏起来的心
没人知道
即使自己也意识不到
音乐轻轻地触摸
这颗心的胎毛
对不起
它比你的任何爱抚
都温柔

宇宙因粒子的细腻
而成立
知道这个的
肯定只有灵魂
你的心
会来感受我的灵魂吗？

只是看

只能盯着看

不，只想盯着看

手和手指不动，轻轻地

想用目光拥抱你

只想用眼睛爱你

它比语言正确且有深度

永远盯着看下去

想跟你一起去遨游心的宇宙

我想的这些

只靠凝视能传达给

边哼着歌

边晾晒衣服的你吗？

画

女孩用蜡笔让心中的地平线
移动到图画纸上
眼前是喜欢的男孩与自己的背影
手牵手面朝地平线

几十年过后她忽然想起
过去画的这幅画
以及那时自己的心情
和那个男孩的汗味儿

不知为何她流下了泪
从背对着丈夫躺着的她的眼里

凌晨四点

枕头边的手机响了
“喂喂”了几句
只听到对方的鼻息声
因为知道是谁
所以没有挂断

不说话很可怕
我的心凝成一团

在通往语言的途中
胡乱发射向宇宙的无声电波
把变成迷路孩子的两颗心
勉强联结在一起

晨光能吹散心中的暗夜吗?

山冈的音乐

你凝视着我
其实你没有看我
你看的是山冈
登上去能看到死去的世界
山冈平缓的幻影中
我不过是点缀

音乐停了
你回到我身边
像没有结尾的传说里
陌生的登场人物

我的心变成迷路的孩子
不厌其烦地寻找你的爱

脱掉

脱掉衣服

你变成裸体

脱掉裸体

你变成自己

野猫看着你

脱掉你

你就不见了

但只是在语言上

七叶树的叶子随风飘落

即使脱掉语言你也存在

这样称呼你的是诗

蛤蜊在海滨呼吸

把脱掉的语言搜集一起

诗变成意外的你

你脱掉毛衣

梦中的设计图

在黎明
梦中的一张白纸上
画上水
再画上城市
教堂的影子
随波晃动
一只鸽子已经溺水
我们梦到的美丽
是多么的脆弱啊
何况
不祈祷
我们又能梦到什么
石道
无论多么坚固
也会从我们梦的迷途里

诞生

尖塔

无论多么高耸

也会被我们梦的黑夜

尝试

致女人

看着你被太阳晒黑的裸背

我做了个梦

看着你那双泪汪汪笃信无疑的双眸

我做了个梦

看着你哼着一支小小的歌谣

和你的睡容

我做了个梦

我梦见古老的村庄

一如往昔宽敞的宅院

那扎根宅院的老榆树

和那树上不变的蓝天

我梦见

我朝气蓬勃的儿子

你太年幼的孙子们

以及我们的死

我枉然地梦见

明天朴素的晚餐

和许多活着的人

世界的约定[1]

晃动在泪水深处的微笑
是亘古以来世界的约定
即便现在孤身一人
今天也是从两个人的昨天中诞生
宛如初次的相逢

回忆中没有你
你化作微风轻抚我的面孔

在阳光斑驳的下午分手后
世界的约定也决不会终结
即便现在孤身一人，明天也没有尽头
你让我懂得

1　此诗谱成曲后被宫崎骏用作动画片《哈尔的移动城堡》的主题歌。——译者注

潜伏在夜里的温柔

回忆中没有你

你永远活在溪流的歌唱、天空的蔚蓝

和花朵的馨香中

爱

当一个人的身体深入另一个人的身体时

灵魂会潜伏到更深处

不被情感冲走

也不会被知性困惑

人渐渐变成非人的活物……

被灵魂保护

向爱靠近

kiss

『此刻你就是我的生命……』

可连这句话都已成罪过

Kiss

一闭上眼世界便远远离去

只有你的温柔之重永远在试探着我……

沉默化作静夜

如约降临于我们

它此刻不是障碍

而是萦绕我们温柔的遥远

因此我们意想不到地融为一体……

以比看和说更确切的方式

我们互相寻找

然后在迷失了自己的时候

我们找到了彼此

*

我究竟想确认什么呢

远道而归的柔情啊
失去了语言，被净化的沉默中
而你只是呼吸着

“此刻你就是我的生命……”
可连这句话都已成罪过
为活在温柔中而倒下时
很快温柔盈满世界

不耐烦

灵魂带着肉体
进入林中
耳朵听着风声
鼻子嗅着大气的气息
睁开紧闭的眼睛
大海在远方的逆光中熠熠生辉

昨天，连同肉体跟那个人见了面
耳朵、鼻子、眼睛和心
满脑子都是那个人
但是，灵魂
那个人的灵魂在哪里？
灵魂有些不耐烦了

身体无法寻找

心也无法发现

那个人的灵魂

无论用多少语言思考

也看不见听不到

尽管如此，它还是存在着

灵魂感到不可思议

哭泣的你——少年之9

坐在哭着的你的身旁
我想象着你心中的草原
在我未曾踏足的那个地方
你正向着广阔的天空歌唱

我喜欢哭着的你
跟笑着的你一样喜欢
悲伤总是无处不在
它迟早会融化进喜悦中

我不问你哭泣的原因
即使是我的缘故
此刻，在我手触不到的地方
你正被世界环抱

你的一滴眼泪中

容纳着所有的时代所有的人

我会向他们说出

我喜欢哭着的你

那个人——少年之 10

只是爱那个人
我的一生就结束了
之后死去的我
会继续活在那个人的回忆中

在那个人头顶上的辽阔蓝天
曾经只是我一个人的
照着那个人脸颊的太阳
我也不给任何人

在白雪覆盖的山那边
有那个人居住的村庄
那个人或许在那里生了孩子
被儿孙围绕吧

幸福像幻影一样不可捉摸

如同化石总是埋在地下

我正看着

那个人宁静的双眸

结巴以前

说完“啊，是的”我沉默不语
那沉默自己也不清楚
无论在推特还是在博客
语言都肆意泛滥
我却像午后的风筝一样无语

你在等待
凝视结巴以前的我
但语言已经掉进了黑洞
我无奈地从澄清的心拾起它
说了句“对不起”

一个人

清晨闪耀的阳光下
我想看你赤裸的心
微风吹过的树林里
我想知道被你藏起来的愿望
即使人只会互相伤害
初次出生在这个世上时
你触摸过的世界无比可爱

沐浴着滚滚大海溅起的飞沫
我想看连你也不知道的你
我想知道隐藏在
凝视我的瞳孔深处的提问
即使哪里都没有答案
初次出生在这个世上时
你触摸过的世界无比可爱

比星星还远的出口

从语言闪烁的水面下
浮起呼吸的气泡
若不想无聊地活着
就必须屏住呼吸
潜入昏暗的淤水处

你说不，拒绝的肆意
唾沫沾湿光洁的牙齿
心中仿佛洞穴
寻不到一丝光亮
雪白乳房的残酷秘密

用赤裸的胸脯
贴近持续旋转的锯齿
它会被割裂飞溅，留下银十字架

火辣辣疼痛的伤口下

心脏在怦怦跳动

夜间的梦告诉我

必须从白日梦中觉醒

若不想无聊地活着

只有迷失在世界的迷途

把比星星还远的路口作为目标

憧憬

不靠钱
不靠天
不靠朋友
也不靠政府
我靠的
是你
北国贫穷的渔村路上
低着头走去的你
把皲裂的手藏起来的你
忘记了微笑的你
仍善良的你
不放弃身为女性的自己的你

憧憬的不是幸福
我憧憬的

是你

陌生的你

今天仍生活在某处的你

五月之歌

请原谅我

请原谅我的幸福

比我不幸的人啊

如果我的幸福

构筑在你的不幸之上

但请相信我

请相信我的幸福

在五月的微风里露出胳膊

不依靠任何人

我要抓住我的幸福

幸福的我孑然一身

幸福的我的责任是歌唱幸福

像初次相遇那样高歌

——请憎恨我吧

如果憎恨能带给你幸福

七月之歌

靠近大海
靠近太阳
我想爱你
靠近树
靠近那棵树投下的柔影
我想追求你
一切傲慢的爱
被宽恕
我们被宽恕

我想献给你
这片大海
这个太阳
这世界的全部
作为我爱的证据

过分亲昵的他人

胸口的凹处
有一粒闪亮的汗珠
虽说只要我想
什么时候都可以触摸——

此刻这不可思议的优雅
你昂起头
向着七月的大气中走去
有如第一乐章的第一主题

想与这样的你交谈
说些随意且紊乱但正确的话
妻子啊
你是过分亲昵的他人

钟鸣

都市
朝着大海
陶醉地敞开身体

在旅行归途的
坡道上
突然停步的片刻
活着的
急不可待

钟声鸣响
巨大的钟摇动风景
为什么不祈祷就活不下去呢
出来吧孩子们
请在我的周围玩耍吧

迎来新年

啊，没有一件明白的事情

但仅是感受便如此巨大

没有一件值得相信的事情

但仅是去爱便如此充盈

地上

想说又说不出口
因为太虚情假意
想拥抱又抱不了
因为太过于亲昵

光归还风和树叶的背面
两个人只是默默行走
不是羞涩，真的不是

有一说话就会被破坏的寂静
有一触摸就会消失的柔情
因此，五月让人畏惧

草在空地是浓绿

在幼蝉的蠕动里

孑然一身更难过

两个人只是默默行走

这里

不知不觉我来到了这里
已经不再走动了
哪都不去，只待在这里
请不要怕我

我把爱好好地带到这里
记忆虽然在减退
但那里的花香还在弥漫
悬崖下的浅溪还在潺潺

自从我被称作妖怪
时间就像发条一样松开
我凝视着小鸟们的眼睛
生命的一滴微光

毫不留恋地扔掉语言

悲伤、欢喜和愤怒都失去了它们的名字

卷成旋涡后终归平静

只留下爱的低音

谁在哭的时候

哭泣的望远镜

找到哭泣的星星

哭泣的显微镜

找出哭泣的原形

哭泣的你

寻找哭泣的我

哭泣的世界停止哭泣时

被眼泪孕育的一个细胞

会在沙漠的中央

开始生命

虫子

虫子明天会死去吧
因此虫子在鸣叫
因此虫子在歌唱
我明天不会死去吧
因此我会哭
因此我会唱
但是，与今日活着的相同
虫子与我也相同
虫子振翅时
我在阅读历史书

隔壁的无花果静静裂开
回声啊回声，你回来吧
趁着今天还没有变成明天

纽约·十月

甜甜圈的砂糖粘在邋遢的胡子上
慢慢搅动
注入纸杯里的咖啡
睁开明亮灰色的眼——
那双眼哪儿都不看

没熨的花格子衬衫
剪短的斑白的头发
你是已经四十岁的五岁的孩子
你是才四十岁的六十岁的老人
愉快地吃着现成饭菜的男人
知道隐藏狡猾的狡猾
说不定是个杀人犯

神圣的你

托你的福我不孤独

即使不把生命献给你

到抵达爱你为止

即使饱尝无数的痛苦

此刻，托你的福

我也成了一个人

眼泪

已听不清

极度轻奏了

那个人的爱的轻奏……

然后冬天来临

毫不留情

像巧妙谱成的组曲的

最终乐章

*

雨

和泪

从同一个水源

流来

然后泪

和雨

被同一颗心

培育

盼望蓝天的

那个

痛苦

*

渗入地面的

我的眼泪

终于向着天空回归

迟早

它会变成雾

变成清水

变成河

变成满足你饥渴的水吧

然后有一天

它也会变成你的眼泪吧

我陌生的朋友啊

这难以分担的悲伤

并未被你我知晓

我与你

将一起分担

对不起呀

说了一声对不起后
因为你微微地点了点头
我又说了一声对不起
第一句对不起说给昨天的你
之后的对不起说给现在的你

在昨晚彻夜的梦中
我想我并没有错
我有我的理由
可是今天早晨醒来后
梦已经记不清了

被梦的滤纸过滤
情绪的垃圾被冲走

只留下纯粹的对不起

写信、打电话都觉得不合适，早晨

跑了四公里，敲响你的房门

你

你

是谁?

不是我

也不是那个人

更不是另一个的那个人

你长着跟我

同样的耳朵

却听着与我不同的声音

你长着跟我一模一样的

十根手指

捕捉着

我捕捉不到的东西

你

你站在

盛夏的烈日下

背对着我

面朝大海

你眺望着远方的

水平线

你的心中

通着一条

我从未走过的小路

在我从未见过的城镇里

那条小路上

现在下满了积雪

我从未见过的人

朝着这里奔跑

那个人

朝着你

喊叫着什么

我绝不会知道

那晚

映入你眼帘的

在厨房一隅的

铝锅的光

散发在被炉上面

一封信

寄自大海彼岸

你爱

你也被爱

眼泪

顺着

人的脸颊流下

但我没去看

这一幕

所以我

不是你

即使某一天

你成为

我最好的朋友

即使有一天

你向我诉说

你所有的回忆

你是谁?

另一个人

跟我长着

同样的黑发

用与我十分相似的

一双瞳孔

盯着我看不见的东西

你在笑

牙齿泛着白光

我闭着嘴时

你从我手中

夺走我最喜欢的

布娃娃

你的生命

充满水果糖的味道

如此的近在咫尺

却感觉你无限的

遥远

你以一副外星人的面孔

笑着

为什么

有那样的不同?

你的鼻子

不是我的鼻子

你的嘴巴

也不是我的嘴巴

你的心

不是我的心

你装模作样时

感到疼痛的

不是我

你穿的鞋子

购买于何时何地?

你在黄昏做的是

什么样的梦?

你是

谁?

你踩着的沙子

与我踩着的沙子

相连

你的头上

我的头上

飘着同样的白云

你看到的大海

我看到的大海

都渐渐地变成灰色

尽管如此

现在

在这个瞬间

你和我

想着不同的事情

我

无法成为你

为此过度的伤悲

即使我紧紧地抱着你

不知不觉

我们会因为同一个理由

流泪

你手指的

指纹

也与我的指纹

不同

另一个人和你

是谁?

你走之后

你扔掉的

布娃娃

横倒在

沙子上

然后

我发觉

我已经不再喜欢

那个布娃娃了

你是谁?

对我撒谎的人

嘲笑我的人

让我痛苦的人

我一定也会向你撒谎

我一定也会嘲笑你

也带给你痛苦

我是谁?

对于你

流着同样红色血液的人

说着同样话的人

在遥远的过去

从同样的大海

慢慢进化成的人

虽然如此

不是我的人

你

即使各自走着

不同的路

明天

我

也想见你

你

在哪儿?

钻石就是雨滴

我从生下来就知道
人生只有现在
悲伤会延续到永远

钻石就是雨滴

我从生下来就知道
人生只有现在
悲伤会延续到永远
泪水却每一次都是新的
我没有可以讲给你的故事

孩提时只消凝视眼前的树木
就会笑得浑身发颤
一天的结束便是梦的开始
人人都无缘无故地活着
我没有可以讲给你的故事

我觉得什么时候死都无所谓
钻石就是雨滴
分别的寂寥也如同电影

即使决不会忘记明天也照样来临

我没有可以讲给你的故事

河流的源头深藏大地

因为相爱才看不到未来

受伤的昨天是日历的标记

如今正波纹般地扩散

我没有可以讲给你的故事

咖啡店

你

和我

待在

那里

我们

和你们

都是心情郁闷的

人间

活物

你喜欢的

格雷伯爵茶

我喜欢的

巧克力摩卡

即使现在

用眼睛看到的

全都一样

用心

听到的

却不同

人声

和微风

触及皮肤的感觉

潜藏在

你的

记忆里

零乱

我
是碎片
你
是碎片
合在一起
还是碎片
我们
是世界的
一个小部件

百岁的老太婆
初生的婴儿
狗与猫
乌鸦与天空
树木

湖泊

就连太阳

还有星星

都是碎片

大家

都是宇宙的

一个小部件

这么说来

你

组装的

是你自己

怎么

好像吹牛皮

椅子

你

说

你

是你

离你

远远的

是

我

你

轻飘飘的

木头椅子

和我

柔软的

布椅子

并排一起

我

和你

难道

都不在家？

音乐

我的
音乐
从远处
源源不断地
传来

不是从
耳机里
而是从
更远的远方

越过
你的
地平线
越过

你的

极光

在不需要

意义的

梦幻

草原

我

与铜号

像孩子一样

捉迷藏

呼唤

你

说

你不想

叫我

亲爱的

可是

你告诉我

不用称兄道弟

也不用客客气气

跟谁都不一样

我是跟别人

不同的

存在

用手机

打电话时

你就在

我的身旁

想大声地

呼唤你

一回

我也不会

把你叫作

亲爱的

喂——

从深深峡谷

的对面

喂——

喂——

笑

你说
这是
我的
就拿走了

我也说
这是我的
但拿走了一个
这个
到底是不是
我的
我也说不清
即使是你的
我也
不在乎

我的

与你的

摆在一起

两个

一模一样

分不清

哪个是你的

哪个是我的

你

笑出了声

我也

笑了

前世

我的

狗

前世

就是你

可你的

猫

前世

说不定

不是我

摩天轮上

白日之下

枕边细语

雪山尽收眼底

之后

便彼此无言

被比语言

更猛烈

更深邃的

沉默

所压倒

直至

返回地面

泉

我的

泉

罗马就有

在罗马的

什么地方

是秘密

早晨的

太阳

很喜欢

飞溅的水花

照得它

闪闪

烁烁

你说

在你出生的土地

泉

已干涸

之后

你突然

陷入了沉默

别人

我

正在

拔草

你

是只在

电视上见过的

你

帅气的你

全世界的人

都觉得自己

认识

你

即使没见过面

即使没说过话

有人喜欢你

也有人讨厌你

虽然

我的人生

由我定

但你也会

决定我的

一小部分

你

与我

素不

相识

地图

我的
纸片
正漂在
水上
纸上
写了什么
已经
记不清

如果
你能把纸片
掬起来
也许
还能解读
洇透的文字

写下的

难道

是地图?

标示着

通往

某个沙漠

中央绿洲的

路?

骆驼

默不作声地

伫立

老人

你的老人
在河岸
散步呀
我的老人
却在
蹲厕所

请对你的老人
说
平静地
去死吧
我的老人
在嗤嗤地
窃笑

我的老人

即使献上

一首诗

你的老人

看都不看

就扔了

爱怕麻烦

快活到头了

也快开始死了

你的老人

与我的老人

凑到一起

喝着

粥

晚霞

这是我的
晚霞
不是你的
这是
在今天的尾声
我用
看不见的文字
在天空
署名的
晚霞

谁都
不为我
把它
变成夜晚

你

只要看着

就好了

不管对我

不管对谁

什么都别说

同时倾听

寂静

是如何

净化

这一天的

噪音

傍晚

因为
不知道
你在哪儿
我
只好先
待在
池塘边

我想要
一架小小的
旧飞机
我已经
懒得再
走在路上

并不是

想去

哪里

只是因为

不知道

你

到底

身在何方

我

趿着凉鞋

待在

池塘边上

早晨

早晨

醒来后

我

死了

你却在

郊外的

动物园

看着

老虎

死后的

蓝天

比生前的

蓝天

更深

更蓝

你

接下来

要去购物吧

而我

要去寻找

上帝

为了

不做迷路的孩子

潺潺

梦见
死去的
你
哀叹道：
语言
无法剥开

百合花
还在绽放

因为
四周如此寂静
我
说不定
也死了

在春天的

某日

远方

溪流的

潺潺声

让我醒来

越来越

乘着气球

我

升得

越来越高

在尘世的

你

变得

越来越小

但是

不会消失

终于

我到了天空

之后

我用天空语

给你写信

隐约地
听到
在遥远的下方
羊
在咩咩叫

我
决定
装作
什么都
没听到

害羞

在你

面前

我

很害羞

作为非常相似的

生命

我

与

你

又喝

又吃

又听

又嗅

又爱

在别人面前

我很自然

即使在神的面前

我或许

也能满不在乎

可是

在你面前

我

很害羞

传奇

你

置身于暗处

不知从哪儿

传来敌人的气息

我的

血

还没有

流淌

我想跨越

这样的

时代

我想干脆

把它

收进一张

黑白照片里

你

写下

遗书的

夜晚

我

磨了整夜

咖啡

黑板

如果
把我代入
（你）
这个算式
就能解开吗?

我还
呆呆站在
黑板前
大家
都回家了

这样的事情
不算什么
还有

更急待解决的事情

却怎么也想不起

因为

你回来了

我的眼中

噙满了泪水

布景

你

突然

穿破布景

出现在我眼前

我

并没有看

这样的你

难以应对

由于种种原因

不得不

撒谎的

自己

在小屋

外面

我眺望着

火烧云

理所当然

理所当然地

藏起来

我想

惊奇

在微笑

陌生的

你

坐在

车站的长椅上

等待着

我

我的一切

因为我的无聊

而显得

那么美丽

黄昏

今天

正向着

明天

声响渐弱

一个小学生

从电车上

走下来

致女人

（并非以陌生人的身份）

男人对女人说
我想爱你
女人对男人说
我爱你

致女人（并非以陌生人的身份）

生命就这样延续下去
夜晚，在街灯下
早晨，在睡乱的床上

所以我需要你
什么样的男人都会这么说
生命就这样延续下去时
白天，在人群中
傍晚在厨房的门后

男人对女人说
我想爱你
女人对男人说
我爱你
生命就这样延续下去时

六月的田间小道上
野草莓开花时
一月寒冷的室内
开水将沸腾时

所以我需要你
生命就这样延续下去时
一天永远不会结束时

决然

你说

世间一切

决然结束

才最美丽

残雪

还没有

融化

路中央

我蹲在

那里

就这样

语言

把此刻

决然赶回

过去

名片

我

收到了

很多名片的

那天

下午

第一人称的我

在

第二人称的你

不在

全是第三人称的

诸位

一只狗

摇着尾巴

迷失在

偌大的会场

我只是

小声哼着

想象的

旋律

从树叶空隙照进的阳光

我想

一直待在

从树叶的空隙照进的阳光里

未来的你

用轻柔的声音

对我说

你变成老太婆了呀

我

对着历史说

就这样

把我撇下吧

一屁股坐进

战争的

泥潭里

紧抱着

小狗的

那是

过去完成时的

你

被风打碎的

是光

曾跃动的

记忆

舒畅

你说
你想
毫无意义地
舒服地
站着

可是，我问
你要站在哪里？

在破庙的院内
在遥远的海滩
在无人的
舞台
在走到头的
胡同

在土星的星环

在那儿

你

笑出了声

你打算

穿什么衣服

站在那儿呢?

更加

变得更加
沉默
你坐在
藤椅上

没有语言的
一瞬的
满足

羽管键琴
在记忆中
鸣响

小狗
在院子里

嗅着虚空

那就是

我

洞

因为有洞
我往里
瞅了一眼
看到的
只是树林
这个词
并不是
真正的树林

你看着
气鼓鼓的
我
你
还在
旅途中

我

不是你

等待某人

已经有十年

撒谎

我说没对你
撒谎
其实我已经
在撒谎

天很蓝
地面上
空气清新

你
眯着眼
照看着
到处乱跑的
孩子们

有一个孩子

摔倒后

哭出了声

昨天

昨天

我去找你

你

浮在半空

因为很快

就回到了地面

我没吭声

其实

我有点

不愉快

又多了

一件

不想

让任何人

知道的事情

淡淡的苦笑

总觉得
我
以前
不是我
而是别的什么人

我觉得
路旁公园里
沾满灰尘的
午后阳光
是一把钥匙

我
是厌倦了
我是我吗?

这样一说

你

淡淡苦笑了一下

啤酒的

泡沫

一点点消失

今天早晨

来到

你的墓前

我没带花

只带着心情

而来

只带着

无法变成

语言的

心情

睡在

我旁边的

你的鼾声

让我

睁开了眼

心情

没有醒来

你活在

这个世界

多么不可思议

今天早晨

自动售货机

我往自动售货机里
投一枚百元硬币
买了
一首诗

海潮不绝于耳的
小镇

在车站的长凳上
阅读
买来的诗
反复读了
很多遍

写下这首诗的你

是个陌生人

今后

也不会有见面的机会吧

大海

渐渐远去

谁

当我想
我是谁都行的时候
总觉得
自己是一朵
野花
摆放在
古董桌子上

你是谁
都不行
因为
你就是
你本身
你这个词语
可以用来称呼任何人

很久以前

你一边弹着诗琴

一边

凝视着我

此刻

“此刻才好”
你在远处
唱着这支歌

我
在草原的深处
一边听着歌
煮着豆子

你
歌唱的此刻
我
煮豆的此刻

时间
只有一个

隔着

山峦

大海

和无数的城镇的

此刻

那一晚

你从寺院的
台阶上
走下来
松开歪扭的领带
我知道
你
站在那里

你在窗外
听着
我弹得磕磕巴巴的
巴赫

这些
都是

我还活着时的

事情

那一晚

圆月当空

诗集

我问
你读了吗

你答
还剩一点

诗
像中药一样
溶化在
身体中

你的儿子
跑过来
骑在
我的腿上

诗歌

在书页之外

蹦跳

我与你

也没

下雨

你

为什么

打着

伞？

因为

有什么

从那儿

开始

不

是我

让它

开始

缺乏

关联性

譬如

头韵

从我（ATASHI）的

A

开始

朝向

你（ANATA）的

A

热烫的

脚

天亮的

早晨

发呆的

鸭子

多余的

蚂蚁

焦躁的

红

褪色的

蓝

品味的

洞

烧烤的

香鱼

脆弱的

泡

玩耍的

姐姐

厌倦的

爱

A

雨（AME）……

世界

是从语言

开始

的呀
没
打伞的
你
现在
还能
拒绝
它吗?

灵魂最甜美之处

上帝赐予大地、水和太阳
大地、水和太阳赐予苹果树
苹果树赐予鲜红的苹果
那个苹果你给了我
捧在柔软的双手中
与世界之初的
曙光一起

即使一言不语
你给了我今天
给了我不会失去的时光
给了我让苹果长出的人们的微笑和歌声
说不定悲伤
也隐藏在延展于我们上方的蓝天中

抗拒一切毫无目的

然后你自己在不经意间也给了我
你灵魂的最甜美之处

谷川俊太郎

Shuntarou Tanikawa

谷川俊太郎　年谱简编

田原 编译

1931年　出生

12月15日，因剖宫产手术诞生于东京信浓町的庆应医院。系现代著名哲学家、文艺理论家（父）谷川彻三（36岁）、（母）多喜子（34岁）的独生子。

1936年　5岁

入高元寺圣心学院幼儿园。自幼年始，夏天的大部分时光在群马县北轻井泽（父亲的别墅）度过。山林中的自然景观是形成诗人感受性的一个核心之一。

1937年　7岁

入东京杉并区第二小学。担任过数次班长，但对学校没有留下快乐的记忆。热衷于制作飞机模型和组装半导体收音机。开始跟音乐学校出身的母亲学弹钢琴。

1944年　13岁

入东京都立丰多摩初中。被任命为班长。因身体一直低烧不退，休学一学期。是年11月，美国空军的B-29轰炸机开始大规模空袭日本领土。

1945年　14岁

5月，东京遭受猛烈大空袭，骑自行车在家的附近目睹遍地烧死的尸体。7月，与母亲一起疏散到京都府久世郡淀町外婆的家。9月，转入京都府立桃山中学。是年8月6日和9日，美国分别在广岛、长崎投下原子弹。8月15日，日本宣布无条件投降，第二次世界大战结束。

1946年　15岁

3月，回到东京，在丰多摩中学（现为都立丰多摩高中）复学。开始迷恋听贝多芬的音乐并深受感动。

1948年　17岁

受北川幸比古等周围朋友的影响开始诗歌创作。常常阅读父亲书架上的诗集，尤其喜欢读岩佐东一郎、近藤东、安西冬卫、永濑清子等易懂、幽默的诗歌作品。后接触中原中也、三好达治、立原道造、宫泽贤治，法国诗人苏佩维埃尔、波德莱尔、普列维尔和奥地利诗人里尔克及美国诗人惠特曼等诗人的作品，其中对苏佩维埃尔和普列维尔的作品留下深刻的印象。4月1日，在校友会杂志《丰多摩》复刊2号上发表处女作《青蛙》。11月，在同人诗志《金平糖》上发表《钥匙》和《从白到黑》两首均为八行的诗。

1950年　19岁

在《萤雪时代》和《学窗》杂志发表诗作。热衷于阅读《宫泽贤治童话集》。厌学情绪越来越强烈，数度抵抗老师，成绩下降，丧失高考志愿。3月毕业后，让父亲看写在笔记本上的诗作。12月，由诗人三好达治（其为父亲的友人）推荐给《文学界》杂志发表的《奈郎》等5首诗震撼文坛，后被称为是“前所未闻的一种新的抒情诗的诞生”。是年1月，日本现代诗人学会创立。

1951年　20岁

2月，在《诗学》诗刊的推荐诗人栏目里发表组诗《山庄1、2、3》。为岩佐东一郎和城左门的诗深深感动。是年，由企业家平泽贞二郎提供奖金并以其姓氏第一个拼音字母命名的首届“H氏诗歌奖”授给殿内芳树的诗集《断层》。

1952年　21岁

6月，处女诗集《二十亿光年的孤独》由东京创元社出版。是年3月，诗人关根弘、长谷川龙生、滨田知章等创办《列岛》同仁诗刊。4月，诗人西胁顺三郎等创办《GALA》同人诗刊。

1953年　22岁

12月，诗集《62首十四行诗》（是从1952年4月至1953年8月间创作的百余首十四行诗中选出的62首）由东京创元社出版。5月，与川崎洋、茨木则子、吉野弘、友竹辰、大冈信等成为《櫂》的诗歌杂志同人。是年8月，大冈信在8月号的《诗学》诗刊发表《现代诗试论》。

1954年　23岁

6月，与《荒原》派代表诗人之一的鲇川信夫在《文艺俱乐部》杂志开始选评诗歌作品（选评工作一直持续到1956年1月）。与剧作家、小说家岸田国士之女，诗人岸田衿子结婚。迁往东京谷中初音町住。7月，首届《荒原》诗人奖授予吉本隆明和中江俊夫。大冈信在《诗学》发表《战后诗人论》。

1955年　24岁

离婚。独自迁往东京西大久保。10月，诗集《关于爱》在创元社出版。开始创作广播剧本。11月，吉本隆明在《诗学》杂志发表《上一代的诗人们》。

1956年　25岁

9月，为自己的摄影作品配诗的《绘本》在的场书房出版。

1957年　26岁

与新话剧演员大久保知子结婚。移住东京青山。9月，散文集《爱的思想》在东京实业之日本社出版。广播剧本《男人之死》和《吵闹的住宅区》分别由NHK和文化放送社出版。是年，《诗学》杂志发表谷川俊太郎特辑。

1958年　27岁

4月,《谷川俊太郎诗集》由东京创元社出版。9月，在杉并家的旁边另筑新居。

1959年　28岁

10月，诗论集《给世界》由东京弘文堂出版。是年，与石原慎太郎、武满彻等一起参加《发言》专题研讨会。与大江健三郎在每日新闻社座谈。6月，小田久郎创办《现代诗手帖》杂志。8月，大冈信、饭岛耕一、吉冈实、清冈卓行、岩田宏创办《鳄》同仁诗刊。

1960年　29岁

长男贤作出生。创作的3场喜剧《散场》在四季剧团上演。4月，诗集《给你》由东京创元社出版。

1961年　30岁

居家潜心写作。生米高荣获首届《现代诗手帖》诗歌奖。思潮社开始编辑出版《现代诗手贴诗歌年鉴》。

1962年　31岁

1月至翌年12月，系列时事讽刺诗在《周刊朝日》的“焦点栏”连载。9月，诗集《21》由思潮社出版。散文集《亚当与夏娃的对话》由实业之日本社出版。歌词《一星期之歌》获日本唱片大奖的作词奖。壶井繁治、城侑、佐藤文夫等创立诗人会议。是年，《现代诗手帖》4月号发表谷川俊太郎特辑。

1963年　32岁

长女志野出生。2月，赴巴西里约热内卢市观赏狂欢节。1月，壶井繁治等创办《诗人会议》诗刊。11月，父亲谷川彻三发表《宫泽贤治的世界》。6月，大冈信发表《艺术与传统》。是年，为手冢治虫的动漫电视连续剧《铁臂阿童木》创作主题歌歌词。

1964年　33岁

9月，诗集《99首讽刺诗》由朝日新闻社出版。参加东京奥林匹克纪录片的制作并撰写部分剧本。与音乐指挥家小泽征尔等座谈。

1965年　34岁

1月，诗集《谷川俊太郎诗全编》由思潮社出版。7月，童谣《日语课程》由理论社出版。11月，系列组诗《鸟羽》在《现代诗手帖》发表。12月，参加《现代诗手帖》主办的以“日本人的经验”为题的诗歌研讨会，与金子光晴、鲇川信夫、谷川雁、大冈信、吉本隆明等对谈。是年，分别出版有童话、童谣和绘本三种。

1966 年　35 岁

5 月,《诗和批评》在昭森社创刊。7 月，作为美日友好交流成员，应邀赴西欧和美国做为期 10 个月的访问旅行。在阿姆斯特丹国立博物馆初次观赏荷兰画家弗美尔（Vermeer. Johannes，1632—1675）的作品。

1967 年　36 岁

4 月，结束了对西欧和美国的访问归国。诗集《花朵的习惯》由理论社出版。翻译美国文学家韦伯斯特的代表作《长腿叔叔》在河出书房出版。为纪录片《京》写剧本。

1968 年　37 岁

1 月，诗集《爱情诗集》，5 月，《谷川俊太郎诗集〈日本诗人 · 17〉》分别由河出书房出版。11 月，诗画集《旅》（香月泰男配画）在求龙堂社出版。同月，诗集《谷川俊太郎诗集》由角川文库出版。诗画集《树》（堀文子配画）在至光社出版。是年 12 月，川端康成获诺贝尔文学奖。

1969 年　38 岁

开始翻译美国查尔斯 · 舒尔茨的漫画系列《花生》。参与大阪国际博览会筹备工作并撰稿。11 月，诗集《谷川俊太郎诗集〈现代诗文库 27〉》在思潮社出版。另有 5 部翻译著作出版。其中绘本《游泳》畅销一百余万册。

1970 年　39 岁

4 月，应邀参加美国国会图书馆举办的华盛顿国际诗歌节。

1971 年　40 岁

3 月至 5 月，应美国学士院诗歌学会之邀，与田村隆一等在美国各地举行诗歌朗诵活动。7 月，全家赴欧洲旅行。9 月，诗集《俯首青年》在山梨丝绸之路中心出版。另有童话和翻译著作 7 册分别由讲谈社、福音馆书店和现代日本教育社出版。

1972 年　41 岁

为导演阿瑟·佩恩、克洛德·勒卢什、市川昆、约翰·施莱辛格、米洛斯·福尔曼、梅·扎特林、尤里·奥泽洛夫等 8 位导演共同执导的奥林匹克纪录片《时间停止，你很美丽——慕尼黑的 17 天》撰写剧本（另外两位剧本作者为 David Hughes、Deliara Ozerowa）。8 月、9 月去慕尼黑观看奥林匹克比赛。诗集《谷川俊太郎诗集〈日本的诗集 17〉》由角川文库再版。11 月，随笔集《散文》在晶文社出版。童谣《语言游戏之歌》4 册在光之国社和福音馆书店出版。

1973 年　42 岁

参加电影《流浪》的剧本创作。10 月，诗集《语言游戏之歌》由福音馆书店再版。11 月，特辑《谷川俊太郎与他的世界》由青土社出版。童话两册和翻译著作两册分别在新进社和好学社出版。是年，《现代诗手帖》6

月号发表谷川俊太郎特辑。

1974 年　43 岁

5 月，诗集《小鸟在天空消逝的日子》在桑里奥社出版。11 月，诗集《独身卧室》在千趣会出版。另有与父亲等人的《对谈集》和童话、译著等数册在昴书房盛光社、河出书房新社出版。

1975 年　44 岁

5 月，与大冈信的对谈集《诗的诞生》在标准石油公司的广告部出版（后又被读卖新闻社等多家出版社再版）。9 月，诗集《夜晚，我想在厨房与你交谈》《定义》分别在青土社和思潮社出版。与武满彻等人的对谈和《谷川俊太郎答 33 个提问》在出帆社出版。译著《鹅妈妈童谣》获日本翻译文化大奖。是年，英文版诗集《旅》（W. I. 艾略特，川村和夫 译）在美国出版后数次再版。《现代诗手帖》临时增刊出版谷川俊太郎专辑。

1976 年　45 岁

2 月，诗集《谁也不知》在国土社出版。散文集《十元钱》、童话《我》，以及《鹅妈妈童谣》1、2、3、4、5 等 15 部译著分别由福音馆书店、岩波书店、草思社、富山房等出版社出版。是年，婉拒诗集《夜晚，我想在厨房与你交谈》和《定义》被授予的"高见顺诗歌奖"。

1977年　46岁

6月，应邀赴荷兰鹿特丹参加国际诗歌笔会。同月，随笔集《三三五五》在花神社出版。8月，诗集《新选谷川俊太郎诗集〈新选现代诗文库104〉》《由利之歌》分别在思潮社和昴书房盛光社出版。9月，与大冈信的对谈集《批评的生理》在标准石油公司的广告部出版（后又被思潮社等多家出版社再版）。是年，绘本3册、译著4册分别有文研社和草思社等出版社出版。

1978年　47岁

4月，女儿志野赴美国留学。为电视节目《卢布美术馆》写台词。9月，诗集《质问集》在书肆山田社出版。另有绘本、童话、译著7部出版。

1979年　48岁

2月，诗集《谷川俊太郎诗集·续集》在思潮社出版。3月，与河合隼雄的对谈集《灵魂里不需要手术刀》在朝日出版社出版。6月，诗集《另外》在集英社出版。11月，诗集《櫂·连诗》在集英社出版。是年，有7部童话、随笔集分别由朝日出版社、集英社、世界思想社等出版社出版。有8部绘本和童话，以及有7部译著分别在讲谈社、角川文库、岩波书店等出版社出版和再版。《EUREKA》9月号发表谷川俊太郎特辑。

1980年　49岁

7月，赴美国加利福尼亚州访问《花生米》的作者查尔斯·舒尔茨。9月，诗集《朝向地球的野游》在教育中心社出版。10月，诗集《可口可乐课程》在思潮社出版。随笔集《暖炉棚上的陈列品一览》等3册在书肆山田社出版。译著5部在佑学社等出版社社出版。是年，英文版诗集《夜晚，我想在厨房与你交谈》（W. I. 艾略特，川村和夫 译）在美国 Prescott Street Press 出版社出版。《国文学》杂志10月号发表谷川俊太郎特辑。

1981年　50岁

3月，长男贤作结婚。5月，诗集《语言游戏之歌·续》在福音馆书店再版。10月，诗集《童谣》在集英社出版。与大江健三郎等的对谈集《自己心中的孩子》在青土社出版。另有对谈集、随笔集、散文集5册、童话集3册、译著7册出版和再版。

1982年　51岁

3月，诗集《童谣·续》在集英社出版。6月，诗集《倾耳静听》在福音馆书店出版。7月，在东京举办个人摄影展，摄影集《SOLO》出版。11月，诗集《日子的地图》在集英社出版。另有随笔8册、童话和绘本6册、译著4册分别在每日新闻社、集英社等出版社出版和再版。是年，与妻子知子分居。婉拒该年度被授予的“艺术选奖文部大臣奖”，理由是不接受国家和跟政治团体有关的任何奖项。

1983年　52岁

2月，诗集《日子的地图》获读卖文学奖。诗集《震惊》在理论社出版。3月，诗集《现代诗人9·谷川俊太郎》在中央公论社出版。5月，寺山修司去世。6月，与寺山修司之间的《影像书信》影像片完成。与诗人正津勉的《对诗》诗集在书肆山田出版。7月，开始创作预定在集团元剧团上演的剧本《轰隆在哪里》。另有2册随笔、8册童话和绘本、4册译著在富山房等出版社出版。是年，诗集《谷川俊太郎诗选》（H. Wright 译）在美国 North Point Press 出版社出版。

1984年　53岁

1月，与大冈信之间的书信集《在诗和世界之间》在思潮社出版。2月，母亲多喜子去世。4月，诗集《信》在集英社出版。10月，应美国纽约诗学中心邀请，在美国各地进行诗歌访问和朗诵活动。与楠顺范创办影像杂志《印象》。11月，诗集《日本语的商品目录》在思潮社出版。12月，诗集《揭开诗歌》在长勺出版社出版。另有其他著作和编著10余册出版。

1985年　54岁

4月，诗集《童谣》的合订本在集英社出版。5月，诗集《无聊之歌》在青土社出版。随笔集《以语言为中心》在草思社出版。8月，赴北欧旅行。诗集《凝望天空的蓝 · 谷川俊太郎诗集 上》（大冈信 编）、《早晨的形状 · 谷川俊太郎诗集 下》（北川透 编）在角川文库出版。10月，随笔集《走到“嗯”为止》在草思社出版。11月，应美国纽约国际诗歌委员会之邀，与吉增刚造等在美国进行诗歌朗诵旅行。是年，诗集《无聊之歌》获得现代诗花椿奖。

1986 年　55 岁

3 月，剧本《何时、现在》在话剧集团圆上演。6 月，赴希腊旅行。9 月，偕父亲赴欧洲旅行。是年，有 6 册随笔和编著出版和再版。童话 2 册、译著 2 册出版。英文版诗集《可口可乐课程》（W. I. 艾略特，川村和夫 译）在美国 Prescott Street Press 出版。

1987 年　56 岁

1 月，自己制作的影像带在冬芽社出版后开始在市场上贩卖。3 月，剧本《何时、现在》获齐田乔戏曲奖。10 月至 11 月，与川村和夫和 W. I. 艾略特一起参加在美国纽约举行的诗歌朗诵会。之后，与大冈信等一起赴西德参加连诗创作活动。12 月，诗集《一年生》在小学馆出版。

1988 年　57 岁

5 月，自己制作的盒式录音带《自作自咏》在草思社出版。创作的剧本在话剧集团圆上演。7 月，诗画集《裸体》（佐野洋子 画）在筑摩书房出版。思潮社出版《谷川俊太郎的宇宙论》特辑。10 月，诗集《裸体》获野间儿童文艺奖。11 月，诗集《一年生》（和田诚 插图）获小学馆文学奖。12 月，诗集《忧郁顺流而下》日、美同时出版。日本为思潮社，美国为 Prescott Stress Press ／ Sicho-sha 出版社。英文版由 W. I. 艾略特和川村和夫 译。是年，与大冈信、H. C. Artman、Oskar Passtior 四人连诗选《VIER SCHARNIERE MIT ZUNGE》在德国出版。斯洛伐克语版诗集《谷川俊太郎诗选》（Katarina Mikulova、Mila Hougova、桑原文子 译）在斯洛伐克 Kruh Milovnikov Poezie 出版社出版。是年，《现代诗手帖》11 月号发表谷川俊太郎特辑。

1989年　58岁

3月，连诗诗集在岩波书店出版。4月，与大冈信的对谈集《现代诗入门》在中央公论社再版（初版为1985年8月）。9月，父亲去世。10月，与知子离婚。是年，随笔2册、童话3册、译著6册等出版。由W. I. 艾略特和川村和夫共译的诗集《忧郁顺流而下》获第10届美国书刊奖。

1990年　59岁

4月，《谁？》（井上洋介 配画）在讲谈社出版。5月，与佐野洋子结婚。9月，应作家同盟的邀请，与高良留美子等赴苏联访问旅行。10月，与大冈信一起在德国法兰克福参加连诗活动。之后，赴法国和摩洛哥旅行。12月，诗集《灵魂的最味美之处》在桑里奥出版。另有随笔3册、译著6册分别由国土社等出版社出版。是年，德语版诗选集《朝向地球的郊游》（E. Klopfenstein 译）在德国 Insel Verlag 出版社出版。

1991年　60岁

3月，诗集《致女人》在杂志书房出版。文学杂志《鸽》第3号发表《谷川俊太郎特辑》。至4月末，在檀香山和纽约旅行滞留。5月，诗集《欲赠诗给你》在集英社出版。8月，参加国际比较文学会举办的连诗创作活动。10月，与白石嘉寿子等一起在英格兰、威尔士、苏格兰各地进行诗歌朗诵及连诗创作活动。另有童话3册、译著2册分别由讲谈社、评论社等出版社出版。英译本诗集《悠扬动听的日本诗》（附带CD光盘）在岩波书店出版。是年，日英对照版诗集《无聊的歌》（W. I. 艾略特、川村和夫 译）在青土社出版。

1992 年　61 岁

3 月，诗集《给女人》获丸山丰现代诗纪念奖。6 月，应邀赴荷兰鹿特丹参加国际诗歌笔会。9 月，参加关东学院大学举办的诗歌讲座及朗诵会。是年，处女诗集《二十亿光年的孤独》（增订版）在桑里奥社出版。英文版诗集《62 首十四行诗 + 定义》（W. I. 艾略特，川村和夫 译）在美国 Katydid Books 出版社出版。

1993 年　62 岁

1 月，诗集《这就是我的温柔 · 谷川俊太郎诗集》在集英文库出版。3 月，赴巴勒斯坦耶路撒冷参加国际诗歌节。4 月，参加在伦敦举行的诗歌朗诵会。诗集《十八岁》《孩子的肖像》分别由东京书籍出版社和纪伊国屋书店出版。5 月，诗集《不谙世故》在思潮社出版。6 月，同大冈信一起与瑞士诗人举行连诗创作活动。7 月，《谷川俊太郎诗集 · 续》（增订版）、《谷川俊太郎诗集 · 续续》在思潮社出版。同月，《现代诗手帖》杂志发表《现在、诵读谷川俊太郎》特辑。10 月，诗集《不谙世故》获首届萩原朔太郎诗歌奖。11 月，与佐佐木干郎等一起参加在法国举办的国际诗歌展览会。是年，散文、随笔 4 册在新潮社等出版社出版。译著 4 册在讲谈社等出版社出版。制作的影像带被河出书房翻译成英文出版。

1994 年　63 岁

1月，诗集《富士山和太阳》（佐野洋子 插图）在童话屋出版。1月至5月，在前桥文学馆举办个人创作展。6 月，赴印度尼西亚的巴厘岛旅行。9 月，赴黎巴嫩旅行。10 月，赴伦敦参加国际写作笔会。11 月，编著《母亲的情书》在新潮社出版。与高田宏和吉本芭娜娜的对谈集《不可思议的三角宇宙》在广济堂社出版。是年 10 月，大江健三郎获诺贝尔文学奖。

1995 年　64 岁

1 月，诗集《听莫扎特的人》（附带自己朗诵的 CD 光盘）由小学馆出版。2 月，赴夏威夷旅行。英文版诗集《Traveler ／日日》（W. I. 艾略特，川村和夫 译）出版。5月，诗集《与其说纯白色……》在集英社出版。10月，为瑞士画家克利（Klee）的画配诗的《克利的画册》诗画集在讲谈社出版。11 月，《国文学》杂志发表《语言朴素的面孔——谷川俊太郎特辑》。同月，赴洛杉矶旅行。《国文学》11 月号发表谷川俊太郎特辑。

1996 年　65 岁

1 月，因创作业绩突出获朝日新闻文化奖。2 月，挚友 · 音乐家武满彻去世。从此年始，为配合音乐家的儿子贤作的乐队《DIVA》进行演奏和诗歌朗诵活动，从此开始疏远日本现代诗的专业杂志。4 月，与大江健三郎、河合隼雄的对谈集《日语和日本人的心》在岩波书店出版。7 月，与佐野洋子离婚。同月，为摄影家荒木经惟的人体写真配诗的《温柔不是爱》与图画集在幻冬社出版。12 月，同佐佐木干郎一起在尼泊尔加德满都与当地诗人举行诗朗诵。是年，英文版诗集《裸体》（W. I. 艾略特，川村和夫译）在美国 Stone Bridge Press / Saru Press International 出版社出版。日英文对照诗集《二十亿光年的孤独》（译者与前书相同）在北星堂书店出版。英文版诗选《日子的地图》（Harold Wright 译）在美国 Katydid Books 出版社出版。

1997 年　66 岁

3 月，赴澳大利亚帕斯旅行。9 月、10 月，与《DIVA》乐队一起在九州、关西、北海道等地巡回演出。

1998 年　67 岁

3 月，与《DIVA》乐队一起赴美国东海岸做演奏、诗朗诵和录音旅行。5 月，赴悉尼参加作家笔会。6 月，新版《谷川俊太郎诗集》在角川书店春树文库出版。10 月，赴北京、上海观光。归国后参加 NHK 电视台举办的“诗歌拳击”比赛，两个多小时的舌战后击败对方，获胜。同月，诗集《大家都和睦》在大日本图书社出版。11 月，赴伦敦和鹿特丹参加国际诗歌笔会。英文版诗集《谷川俊太郎诗选》（W. I. 艾略特，川村和夫 译）由英国 Carcanet 出版社出版。是年，该诗选获得英国最大的 Sasakawa 财团翻译奖。

1999 年　68 岁

3月，《谷川俊太郎作品辑》被译成中文在第二期《世界文学》发表。7月，应邀出访印度。诗、文、歌词合集《BRUTUS 图书馆 · 谷川俊太郎》在杂志屋出版社出版。9月下旬，初次以诗人身份在沈阳、北京、河南、重庆、昆明、上海等地进行了为期半个多月的诗歌访问、演讲和朗诵活动，在中国诗界引起反响。是年，希伯来语版诗集《致女人》（A. Takahashi、Amir Or 译）在以色列 Modan Publishing House / Tel-Aviv 出版社出版。

2000 年　69 岁

1 月，《谷川俊太郎诗全集》的 CD-ROM 光盘在岩波书店出版。2 月，日英文对照诗集《俯首青年》（矢口以文，盖吕 · 戴伊亚 译）在响文社出版。5 月，应邀赴丹麦参加丹麦语版诗集《对苹果的执着》（Torifumi Yaguchi、Cary Tyeryar 译）的出版发行式。之后，在哥本哈根做诗歌朗诵活动，并赴瑞典的马尔默参加国际诗歌节。8 月，《鸽》杂志发表《谷川俊太郎绘本特辑》。10 月，与大冈信、高桥顺子等赴荷兰鹿特丹参加连诗创作活动和在此举行的日、荷连诗发布会。同月，为瑞士画家克利（Klee）的画配诗的《Paul Klee 的天使》诗画集在讲谈社出版。11 月，在《周刊星期五》杂志与筑紫哲也、宫泽和史对话。

2001 年　70 岁

3 月，应诗人麦城之邀，赴大连、北京、苏州和上海进行诗歌访问。7 月底至 8 月初，赴美国旅行。10 月，编著《诗是何物》诗选集在筑摩书房社出版。12 月，散文集《独身生活》在草思社出版。

2002 年　71 岁

1 月，散文集《打开风口》在草思社出版。2 月，《谷川俊太郎诗集》（系 6 部诗集的合集）在思潮社出版。5 月，应邀赴南非参加国际诗歌笔会。

同月，《三田文学》杂志发表专访特辑《我的文学》。6月，汉语版的《谷川俊太郎诗选》在作家出版社出版。7月，赴华参加在北京大学举行的汉语版《谷川俊太郎诗选》的首发式。之后，赴云南、上海进行诗歌交流活动。8月，散文集《沉默的周围》在讲谈社出版。10月，日英文对照诗集《minimal · 谷川俊太郎》在思潮社出版。是年，《现代诗手帖》5月号发表谷川俊太郎特辑。

2003年　72岁

3月，应国际交流基金邀请，赴德国、法国等地参加诗歌朗诵活动。3月至10月，在东京池袋一家书店临时兼任“谷川俊太郎书店”店长。5月，蒙古语版诗集《谷川俊太郎诗选》在乌兰巴托出版。6月，谷川俊太郎、田原、山田兼士合著的对话集《谷川俊太郎诗话》在澪标（Miotsukushi）社出版。10月，诗集《午夜的米老鼠》在新潮社出版。

2004年　73岁

1月，第二册汉语版的《谷川俊太郎诗选》由河北教育出版社出版。7月，写真诗集《早晨》《黄昏》（写真　吉村和敏）由Arisu社出版。10月，对谈集《谷川俊太郎读〈诗〉》（与田原 · 山田兼士合著）在澪标（Miotsukushi）社出版。英语版诗集《不谙世故》和法语版诗集《克利的天使》分别在美国和法国出版。应约创作的歌词《世界的约定》被宫崎骏的动漫电影《哈尔的移动城堡》作为主题歌使用，这首歌由歌手、作曲家木村弓谱曲、音乐家久石让编曲。

2005年　74岁

3月，第2册汉语版《谷川俊太郎诗选》获得第2届“21世纪鼎钧文学奖”，出席在北京举行的授奖式。5月，诗集《夏加尔与树叶》由集英社出版。6月至7月，应邀参加在哥伦比亚麦德林举办的国际诗歌节。英文版诗集《欲赠诗与你》和《裸体》分别在英国出版。是年，诗集《裸体》在尼泊尔出版，诗选集在马其顿等国家出版。

2006年　75岁

1月，诗集《夏加尔和树叶》及《谷川俊太郎诗选集1—3卷》（田原 编）获得第47届每日新闻艺术奖。5月，诗集《喜欢》由理论社出版。8月，应诗人骆英之邀，赴安徽黄山、宏村观光并在北京大学与中国诗人和学者座谈。同月，应邀在贝尔格莱德朗诵诗歌，其后参加马其顿国际诗歌节。诗集《夏加尔和树叶》的丹麦语版在丹麦出版。应邀参加在挪威举办的国际诗歌节，其后应邀在哥本哈根朗诵诗歌。11月，歌词集《歌本》由讲谈社出版，同月的《现代诗手帖》发表谷川俊太郎特辑。12月诗集《定义》（汉语和英语的对译）在新加坡出版。同月，对谈集《诗人和绘本》由讲谈社出版，写真诗集《照片里的天空》（写真　荒木经惟）由Aton社出版。是年，英文版诗选集在美国出版。

2007年　76岁

8月，《谷川俊太郎质询箱》在保姆日刊新闻社出版。10月，赴乌兰巴托参加中、日、蒙诗歌对话活动，第二本蒙古语版诗选在乌兰巴托出版并被授予蒙古国最高文化勋章。11月，诗集《我》在思潮社出版。是年，诗集《不谙世故》的西班牙语版在墨西哥出版。塞尔维亚语诗选集在塞尔维亚出版。

2008年　77岁

2月，日英文对照文库版《二十亿光年的孤独》由集英社出版。3月，诗集《我》获得第23届诗歌文学馆奖。从4月4日的《朝日新闻·夕刊》开始连载短诗（每月一首）。4月号《现代诗手帖》发表谷川俊太郎特辑。5月赴北京旅游。同月，应邀赴瑞士等国朗诵诗歌。10月，《谷川俊太郎校歌词集》由澪标社出版。诗集《克利的天使》的德语版分别在柏林和瑞士出版。诗集《夏加尔和树叶》的英文版在英国出版。是年，与觉和歌子共同执导的电影《我是海鸥》上映。

2009年　78岁

8月初，应邀赴阿拉斯加参加诗歌活动，下旬，赴北京旅游。5月，诗集《特隆姆瑟拼贴画》由新潮社出版。7月，文库版诗集《62首十四行+36》由集英社出版。9月，诗集《诗之书》由集英社出版。是年，多部外国语版诗选集分别在韩国、印度和丹麦等国家出版。《诗之船》杂志发表谷川俊太郎儿童诗特辑。

2010年　79岁

1月，《Coyote》大型杂志发表二百多页的《谷川俊太郎去阿拉斯加》特辑。诗集《特隆姆瑟拼贴画》获得第一届鲇川信夫诗歌奖。8月，中日文对照版诗选《春的临终——谷川俊太郎诗选》由香港牛津大学出版社出版。9月，出席诗人北岛主持的首届“国际诗人在香港”，香港城市大学图书馆举办小规模的谷川俊太郎图书展。同月，诗选集《我的胸太小》（田原 编）由角川学艺出版社出版。

2011年　80岁

1月，与摄影家伴田良辅合著的《mamma》乳房图片诗集由德间书店出版。为自己的摄影作品配诗的作品集《东京叙事诗及其他》由幻戏书房出版。翻译绘本6册分别由集英社等出版社出版。童话集3册由福音馆书店等出版。10月，在东京与美国诗人盖瑞·施奈德对话和朗诵。是年，获得第3届中坤诗歌奖。

2012年　81岁

4月，2011年上市的电子版诗集《iphone软件》获得“2012年度电子书籍奖”的文艺奖。5月，在开设的正式网页“谷川俊太郎.com”上发表短文和汇报活动近况。7月，纪伊国屋书店跟踪拍摄一年多的专题片《诗人·谷川俊太郎》DVD上市。6月，七六出版社定期出版《谷川俊太郎诗歌邮件》。

2013年　82岁

1月，自选集《谷川俊太郎诗集》由岩波书店出版。2月，《写真》由晶文社出版。6月，在朝日新闻连载5年的短诗集《心》由朝日新闻出版。9月，汉语版诗选《小鸟在天空消失的日子》由湖南文艺出版社出版。

2014年　83岁

1月，绘本《金井君》由东京系井重里事务所出版，引起社会反响。8月，诗集《抱歉》由七六出版社出版。9月号《现代诗手帖》发表讨论诗集《心》的特辑。10月，应邀参加台北诗歌节。11月，写真诗集《雪国的白雪公主》由PARCO社出版。同月，写真诗集《晚安诸神》由七六出版社出版。

2015年　84岁

2月，写真诗集《恐龙人间》由PARCO社出版。4月，诗集《关于诗》由思潮社出版。7月，诗集《我和你》由七六出版社出版。同月绘本《不打仗》由讲谈社出版。8月16日每日电视台在备受欢迎的《情热大陆》播放跟踪拍摄的《诗人谷川俊太郎》。最新英文版诗选《New Selected Poems》在英国出版。12月，处女诗集《二十亿光年的孤独》（中日文对照）和《谷川俊太郎诗选》由台湾合作社同步出版。

2016年　85岁

3月，《关于诗》（思潮社2015年4月）获得三好达治诗歌奖。9月至10月，静冈县三岛市的“大冈信语言馆”举办“谷川俊太郎展”。10月，岩波书店出版发行54册诗集的电子图书。8月，新编《谷川俊太郎诗选》（人民文学出版社）出版。

2017年　86岁

4月，大冈信去世。6月，在明治大学举办的大冈信告别式上朗诵诗歌。札幌市内以谷川俊太郎名字命名的第一家“俊咖啡”店开业。10月，获得台湾太平洋国际诗歌“累积成就奖”。跟读卖新闻记者尾崎真理子的对话集《被叫作诗人》由新潮社出版，与觉和歌子的合著的《对诗 2马力》由七六出版社出版。11月，在香港国际诗歌节以“古老的敌意”为题与阿多尼斯对话，之后赴厦门参加诗歌朗诵和签售会。

2018年　87岁

1月13日至3月25日，“谷川俊太郎展”在东京歌剧城艺术馆举行。1月，诗文集《你好》（七六出版社）出版。5月，跟佐野洋子合著的诗与小说集《两个夏天》（小学馆）改版再版。汉语版《我》《定义》和《minimal》3本诗集的合集《我》（人民文学出版社）出版。6月，山田馨编《童谣》（童话屋）出版。9月，《那时，诗在身旁——谷川俊太郎诗选》（大和书房）出版。11月，汉语版中日文对照版《三万年前的星空》（江苏凤凰文艺出版社）出版。12月，出版随笔集《关于幸福》（七六出版社）。

图书在版编目（CIP）数据

恋爱是一件小题大做的事 /（日）谷川俊太郎著；田原译 . -- 北京：中信出版社，2019.7

ISBN 978-7-5217-0344-3

Ⅰ . ①恋… Ⅱ . ①谷… ②田… Ⅲ . ①诗集－日本－现代 Ⅳ . ① I313.25

中国版本图书馆 CIP 数据核字（2019）第 060155 号

恋爱是一件小题大做的事

著　　者：[日]谷川俊太郎
译　　者：田原
出版发行：中信出版集团股份有限公司
（北京市朝阳区惠新东街甲 4 号富盛大厦 2 座　邮编　100029）
承 印 者：北京通州皇家印刷厂

开　　本：880mm × 1230mm　1/32　　印　　张：8　　字　　数：80 千字
版　　次：2019 年 7 月第 1 版　　印　　次：2019 年 7 月第 1 次印刷
广告经营许可证：京朝工商广字第 8087 号
书　　号：ISBN 978-7-5217-0344-3
定　　价：58.00 元